DE LA GIRAUDIÈRE,

OU

MASQUES CONTRE MASQUES,

FOLIE EN DEUX ACTES,

PAR M. AUDE,

Ci-devant Chevalier de Malthe, de l'Académie des arts
et des Sciences de Sicile, etc.

*Représentée, pour la première fois, sur le Théâtre
de l'Impératrice, le 28 Janvier 1813.*

‹‹‹‹‹‹‹‹‹‹‹‹

A PARIS,

Chez M.me MASSON, Libraire-Editeur de Pièces de
Théâtre, rue de l'Echelle, N.° 10.

De l'Imprimerie de Mme. V.e DUMINIL-LESUEUR,
rue de la Harpe, N.° 78.

PERSONNAGES.   ACTEURS.

<table>
<tr><td>M. de la GIRAUDIÈRE, riche et ridicule propriétaire.</td><td>MM.
CHAZET.</td></tr>
<tr><td>FANFAN-JOLIBOIS, son neveu, sot et prétentieux.</td><td>ARMAND.</td></tr>
<tr><td>BENOIT, tailleur de la maison.</td><td>WALVILLE.</td></tr>
<tr><td>RUDEMONT, caporal provençal.</td><td>PÉROUD.</td></tr>
<tr><td>CHRISTINE-PAPILLON, gouvernante et alliée de la maison de la Giraudière.</td><td>M.mes
MOLÉ.</td></tr>
<tr><td>AGATHE, sa filleule, en habit de Berger.</td><td>ADÉLE.</td></tr>
</table>

Ménétriers du Bal.

Assistans, hommes et femmes.

Valets de la Maison.

La Scène se passe dans la maison de monsieur de la Giraudière.

AVERTISSEMENT

De M. ANTOINE, propriétaire de cette Folie ;

Adressé aux auteurs, aux journalistes, aux libraires, acheteurs de pièces sur la foi et le garant des succès publics, enfin aux entrepreneurs de théâtres.

Le succès complet de cette folie au théâtre de l'Odéon, m'a forcé de la mettre au jour.

J'invite les auteurs dramatiques à peindre l'intérieur d'une maison bourgeoise avec les couleurs de l'arc-en-ciel, c'est-à-dire, de mettre de l'esprit au lieu de naturel, des jeux de mots au lieu de gaîté, des *carosses amarante, de ma rente, amarente où tant d'or se relève en bosse,* afin de faire *sourire* les laquais de Marivaux ; au lieu d'employer les ornemens simples, pénibles à trouver sans l'art plus difficile encore des convenances, mais faits pour amuser le bon peuple qui *daigna* adopter le *Fagotier* et préférer les *Seringues de Pourceaugnac* aux pointes des valets de chambre de M. de Bièvre. Je les invite à *repousser* du repertoire comique l'*Avocat Patelin,* où Agnelet le Moutonnier dit *Béé,* et les plaideurs de Racine où on trouve ;

Chassez ces petits chiens; ils ont pissé partout.

Fi donc ! ces animaux n'ont jamais souillé les jolis appartemens de Dorat et de Barthe.

J'invite les journalistes à poursuivre courageusement la réforme du vieux goût. Force de caractère, connaissance des livres et des hommes, impartialité et probité, constituent leur état, qui est une espèce de dévouement héroïque aux bonnes lettres, en ce qu'il expose leurs sublimes travaux à l'aigreur de l'amour propre offensé, et quelquefois leurs assertions hasardées à un plus redoutable tribunal. Je ne parle ici qu'à deux de ceux qui veulent une célébrité *brillante.* Ils n'ont pas besoin pour cela de brûler la bibliothèque d'Ephèse, ils n'ont qu'à proclamer le mélodrame ; ils n'ont qu'à déclarer hautement le Limousin de Molière indigne de la métropole du parnasse, de la comédie française ; les vendanges de Surène indignes même des trétaux et D. Japhet d'Arménie indigne même des égoûts. Qu'importe que l'ami du vrai les livre injustement à la honte de leurs écrits. Ils vivront, renommés et gras, dans les cuisines de Lanoue. L'auteur de Masques contre Masques, M. Aude, qui se nomme aujourd'hui, les remercie, *pour sa part*, des honneurs *acharnés* qu'ils ont fait à M. de la Giraudière, représenté dans la succusarle du théâtre français. Je devrais leur en vouloir, *pour la mienne*, d'en avoir tu le succès complet. Mais Paris entier le sait, et ni le libraire, ni moi, ni les entrepreneurs des provinces ne seront leurrés et trompés par la livrée de Marivaux. La censure et l'approbation d'un académicien célèbre, les suffrages du public, les talens des acteurs qui ont *excité* la gaîté générale (dit un journal), l'administration du théâtre de l'Odéon, vengent l'auteur, mais non moi qui vois l'interruption (*) de la Giraudière (ma propriété), où Madame Molé joue Christine avec tant de vérité, de naturel et de comique.

J'invite les libraires prudens à ne plus acheter que des pièces tombées, s'ils ne veulent risquer de perdre une partie de leur argent avec celles qui ont un véritable succès.

J'invite enfin les entrepreneurs de théâtres des départemens de ne consulter, pour leur repertoire, que les feuilles de ces deux *grands courageux écrivains publics*, qui se masquent humblement du titre de journalistes, s'ils veulent tripler leur recette et surtout *pailleter, gentiliser, milliflorer* leurs entreprises ; fi donc de la simplicité, de la vérité des tableaux, de la gaîté, de la nature. Vivent les mélodrames et les pointes ; qu'on n'y représente ni l'Héloïse anglaise, ni Monval et Sophie, ni Périclès, ni certain ouvrage du même auteur qui poursuit depuis tant d'années les frippiers musqués de la nouvelle littérature. Mais passons sur la Giraudière : c'est ma propriété.

(*) Les motifs de cette interruption seront bientôt trouvés et publiés
(*Note de M. Antoine.*)

N. B. M. de la Giraudière est, pour le fond, la même folie que les Trois Hommes-Femmes, que l'auteur ne fit point *imprimer*, même après une centaine de représentations qu'elle eut à un petit théâtre du Faubourg Saint-Germain, qui a donné des sujets distingués à la comédie française. Elle en est toute différente pour *l'exécution*. La première, sous ce rapport, ne ressemble nullement à celle que le même auteur vient de donner à l'Odéon, où le succès l'a encore accompagné.
(*Note de l'auteur.*)

M. DE LA GIRAUDIÈRE,

OU

MASQUES CONTRE MASQUES.

ACTE PREMIER.

SCÈNE PREMIÈRE.

CHRISTINE PAPILLON, AGATHE.

AGATHE.

Comment me trouvez-vous sous cet habit, marraine? n'ai-je pas véritablement l'air d'un garçon?

CHRISTINE.

Est-ce par les conseils du maître de céans, pour imiter son extravagance, que tu t'es travestie dès le matin? pour figurer à son bal? pour plaire à M. de la Giraudière?

AGATHE.

Lui plaire, marraine? nos âges sont trop différens. Il n'y a que vous qui ayez ce droit dans la maison; vous la gouvernez depuis trente ans; sa main vous est promise depuis vingt-cinq; je dois le regarder d'avance comme mon grand-oncle, puisque votre mariage avec lui va se conclure.

CHRISTINE.

Oui, comme au carnaval passé. C'est toujours à celui d'une autre année qu'il remet l'exécution de sa promesse; et il se prépare à la tenir d'une belle manière aujourd'hui! mais je l'attends à celui-ci; voilà la vingtième remise: le fourbe me la payera.

AGATHE.

Comme vous êtes en colère, marraine! M. de la Giraudière n'a des yeux que pour vous; vous êtes plus maîtresse que lui dans sa maison; il est si bon, si jovial!...

CHRISTINE.

Dis donc si fou, si ridicule, la fable du quartier ! Tu n'as pas vu les billets d'invitation qu'il fait circuler en secret depuis huit jours, sous le titre d'appel au beau sexe, ou le mariage impromptu ?

AGATHE.

Comment ?

CHRISTINE.

Avec un avertissement plus ridicule encore au bas du billet, annonçant qu'un homme d'un âge mûr, physionomiste par excellence, promet sa fortune et sa main à celle qui, dans la soirée du beau dimanche, fixera plus vivement ses yeux, en exprimant dans les siens le prompt effet de la commotion sympathique ?

AGATHE.

C'est une plaisanterie de carnaval, j'en suis sûre.

CHRISTINE.

Oh ! je suis bien instruite, et je sais ce dont il est capable. Ne s'est-il pas déguisé en Apollon, l'année passée, quand il me força, moi, de me déguiser en Calypso, pour l'accompagner au bal des marronniers ? il excita la risée publique, comme il va faire encore aujourd'hui. Son cabinet est rempli d'habillemens de femmes. Il a fait travestir tout le monde dès le grand matin, jusqu'au frotteur qui est en Hercule ; plus il avance en âge, plus il est prétentieux et rusé. Il lui faut un autre choix...... Je m'y connais. Il a chassé son neveu du logis depuis quelques mois.

AGATHE.

Oui, M. Jolibois qui était si aimable !

CHRISTINE.

Il prétend m'éconduire aussi avec un traitement pécuniaire et quelques cadeaux ; je sais son projet : mais je n'en serai pas la dupe. Il n'existera pas à Paris d'autre dame de la Giraudière que moi, ou bien...... je dois me taire encore ; je veux avoir, par complaisance, une dernière explication avec lui, après laquelle son bal particulier devient un esclandre public, foi de Christine Papillon !

AGATHE.

Quoi ! ce changement serait vrai?

CHRISTINE.

Que trop, ma chère Agathe, que trop. Il m'avait bien endormie pour prêter les mains à ce beau dimanche, mais les propos m'ont donné l'éveil.

AGATHE.

On ne dansera donc qu'en tremblant?

CHRISTINE.

C'est selon.

AGATHE.

Moi, qui me préparais à une si belle soirée!

M. DE LA GIRAUDIÈRE, *derrière la toile, appelant.*

Charles! Justin! Henri!

CHRISTINE.

J'entends sa voix. Le voici; bouche close sur tout cela.

SCÈNE II.

Les mêmes, M. DE LA GIRAUDIERE, BENOIT, *Ménétriers, Décorateurs, Domestiques portant des flambeaux, des guirlandes, des instrumens.*

M. DE LA GIRAUDIÈRE, *affairé.*

Allons, mes amis, entendons-nous.

BENOIT, *lui présentant un mémoire.*

Expédiez-moi, je vous en prie; voilà le mémoire.

LA GIRAUDIÈRE.

Tu prends bien ton temps, pour m'occuper de ces balivernes.

BENOIT.

Mais, M. de la Giraudière......

LA GIRAUDIÈRE, *à son monde.*

Allez déposer ces instrumens à leur place, on ne donnera le premier coup d'archet qu'à mon signal. Justin, tu sais à quoi ces guirlandes sont destinées; qu'elles soient suspendues artistement au dessus de la draperie de mon portrait vis-à-vis l'orchestre. Vous autres, allumez les lustres; dans une demi-heure, au plus tard, l'ouverture des portes comme il est dit dans les billets d'invitation; que le grand escalier soit bien éclairé.... Allez, et dépêchons; chacun à son poste.

CHRISTINE.

Quel tableau !

LA GIRAUDIÈRE.

Ah ! te voilà, Christine ? je viens de louer trois contre-basses.

BENOIT.

Mademoiselle Christine , j'ai bien l'honneur de vous saluer.

LA GIRAUDIÈRE, *à Christine.*

As-tu pensé à tout ? le buffet est-il bien garni ? il faut que cette journée te fasse honneur.

CHRISTINE.

Oui, pour le moins autant qu'à vous, je l'espère.

LA GIRAUDIÈRE.

C'est mon vœu ; veille aux préparatifs, à la salle du bal.

CHRISTINE.

Soyez tranquille, vous savez que rien ne m'échappe ; j'ai l'œil partout.

LA GIRAUDIÈRE, *appercevant Agathe.*

Oh ! comme Agathe est bien sous ce vêtement champêtre ; je ne la reconnaissais morbleu pas ; elle en est une fois plus jolie, ne dirait-on pas du dieu Pan ? hein, qu'en dis-tu, Benoit ; en ta qualité de tailleur, tu dois te connaître en costumes ?

BENOIT.

Oui, fort bien, c'est le dieu Pan.

AGATHE.

Quel est ce Dieu ?

LA GIRAUDIÈRE.

C'est l'inventeur de la flûte

CHRISTINE.

Bien intéressant à apprendre.

LA GIRAUDIÈRE.

Allons, pas d'humeur, va donner tes ordres, l'heure approche ; nous aurons du monde, j'en suis sur.

SCÈNE III.

GIRAUDIÈRE, BENOIT.

BENOIT.

Comment du monde ! la foule est déjà devant la maison.

LA GIRAUDIÈRE.

Vrai? beaucoup de personnes du sexe? C'est ce qu'il faut; mon annonce a réussi. Oh! comme je vais m'en donner!

BENOIT.

Vous aimez la danse de passion?

LA GIRAUDIÈRE.

C'est mon élément! il fallait me voir à Noyon, il y a une quinzaine d'années, je fixais les regards dans tous les bals publics.

BENOIT.

Vous êtes taillé pour cela.

LA GIRAUDIÈRE.

J'effleurais le parquet; je veux perdre mon nom si je touchais la terre : les pas de deux! de trois! les entrechats! j'allais d'un train......

BENOIT.

C'est affaire à vous.

LA GIRAUDIÈRE.

C'était incroyable; je restais en l'air deux minutes, aussi me donnait-on le surnom d'un oiseau......je ne sais plus lequel... tu verras bientôt.... O quel beau jour pour la Giraudière!

BENOIT.

Faites qu'il soit heureux pour moi aussi.

LA GIRAUDIÈRE.

Il ne tient qu'à toi d'assister à mon bal, toi, tes filles, tes jolies parentes, si tu en as, pourvu qu'elles aient la mise du jour, et qu'elles ne soient ni mariées ni veuves.

BENOIT.

On a procuré à ma sœur un de vos billets d'entrée.

LA GIRAUDIÈRE.

Est-elle jeune?

BENOIT.

Elle va sur ses vingt-cinq ans.

LA GIRAUDIÈRE.

D'une figure intéressante?

BENOIT.

Mais, Monsieur...... on ne doit pas vanter son sang; elle a de mes traits.

LA GIRAUDIÈRE.

C'est-à-dire qu'il y a entre vous un air de famille?

BENOIT.

Oh! tout y est. C'est un second moi-même. Arrêtez
moi ce petit mémoire, je vous en prie, il n'est que de
six cent cinquante livres. Je ne vous demande pas d'argent
pour le moment; votre signature me suffit.

LA GIRAUDIÈRE.

Oui, mais qui répond paye, et je ne dois rien.

BENOIT.

Je le sais; c'est en votre considération que j'ai habillé
deux ans entiers M. Jolibois, votre neveu.

LA GIRAUDIÈRE.

Tant pis pour toi. Je te l'avais défendu en soldant ses
dernières dettes. Qu'on ne me parle plus de ce mauvais
sujet, il doit encore à tout Paris; il a fui trois fois de sa
pension. Il achève de dissiper la fortune de défunt son
père, avec des libertins qui le dupent. Il eût mangé la
mienne aussi, si je n'y avais mis bon ordre. Il m'a trompé
cent et cent fois; plus de pardon, je l'ai chassé de chez
moi pour jamais.

BENOIT.

J'ai fourni de confiance. C'est une dette légitime de
votre plus proche parent, de votre unique héritier.

LA GIRAUDIÈRE.

Mon héritier! oh! tout est changé. Pour lui en ôter
tout espoir, je me marie aujourd'hui.

BENOIT.

Vous?

LA GIRAUDIÈRE.

Moi.

BENOIT.

Aujourd'hui?

LA GIRAUDIÈRE.

Ce soir, je fais mon choix, demain le contrat.

BENOIT.

Avec qui?

LA GIRAUDIÈRE.

Je n'en sais rien encore. Je ne connaîtrai, je n'aurai
désigné ma future que dans trois ou quatre heures d'ici, à
la fin de mon bal.

BENOIT.

Comment! Monsieur? ce qu'on débite sur vous est donc bien vrai? moi qui ai manqué me faire une affaire pour vous défendre......

LA GIRAUDIÈRE.

En quoi? pourquoi? qu'est-ce qu'on débite?

BENOIT.

Ma foi, ce que vous venez de me dire vous-même. On fait courir le bruit que vous voulez prendre une femme sur les apparences, sans examen, au hasard, à la simple vue......

LA GIRAUDIÈRE.

Oui, Monsieur, au premier coup d'œil, à la première impression, au seul aspect des traits de la figure de l'objet, et un observateur de ma sorte ne s'y trompe pas. Oui, Monsieur, c'est ainsi, c'est à la minute que mon choix va être fixé. Pourquoi voyez-vous dans le monde tant de mariages discordans? c'est qu'ils ont été concertés, combinés long-temps sur des dehors hypocrites et des rapports affectés. C'est du moment, d'un trait, d'un aperçu que naissent les bons; tel sera le mien à l'instant : mais il faut avoir pour cela, mon cher, la perspicacité de Thomas-Zéphirin de la Giraudière.

BENOIT.

Je croyais ce bruit-là très-faux.

LA GIRAUDIÈRE.

Vous aviez tort.

BENOIT.

Ayant surtout depuis long-temps dans l'idée, comme bien d'autres, qu'il pouvait y avoir un mariage secret, ou pour le moins une promesse entre vous et mademoiselle Christine Papillon, votre gouvernante et votre alliée.

LA GIRAUDIÈRE.

As-tu perdu la tête? un homme comme moi, libre, opulent, dispos, épouser une femme de son âge! comme si je ne pouvais pas reconnaître ses services par un autre moyen. Il me faut un parti convenable. Point d'hymen bien assorti dans ce monde, si la femme n'a environ trente ou trente-cinq ans moins que le mari : cela se sait et se dit partout. On le chantait encore hier dans la rue.

(Il chante.)

L'homme, à sa dernière saison
Par mille dons peut plaire encore,
Et ne sait-on pas que Titon
Rajeunit, etc.

SCÈNE IV.

CHRISTINE, *l'écoutant*, LA GIRAUDIÈRE, BENOIT.

CHRISTINE.

O le joli gosier !

LA GIRAUDIÈRE.

Tu m'écoutais ?

CHRISTINE.

Achevez donc votre roulade.

LA GIRAUDIÈRE.

Je m'en tire encore assez bien.

BENOIT.

Ma foi ! très-joliment filé.

CHRISTINE.

Quelle mélodie !

LA GIRAUDIÈRE.

Non, je n'ai qu'un filet de voix ; mais pour l'oreille !

CHRISTINE.

Oh ! ce n'est pas ce qui vous manque. Voilà une lettre qu'on vient d'apporter.

LA GIRAUDIÈRE.

De quelle part ?

CHRISTINE.

De votre neveu.

BENOIT.

De M. Jolibois ? de mon débiteur ? a-t-il reparu ? est-il là ?

CHRISTINE.

Non, il n'est pas là.

LA GIRAUDIÈRE.

C'est son écriture ! il est bien osé !

CHRISTINE.

On attend la réponse.

LA GIRAUDIÈRE, *déchirant la lettre par morceaux.*
La voilà.

BENOIT.

Mais, Monsieur, prenez-en lecture ; il vous parle sans doute de mon dû, car je le fais chercher et poursuivre par un beau-frère que j'ai à Paris pour l'instant, et qui ne le ménagera pas.

LA GIRAUDIÈRE, *à Benoit,*

Laisse nous, Benoit, laisse nous un moment ; reviens, si tu veux, à mon bal.

BENOIT.

Oui, Monsieur, je reviendrai ; mais ce sera pour la dernière fois, et accompagné de manière à savoir votre dernier mot.

LA GIRAUDIÈRE.

Il est dit. Il est dit.

SCÈNE V.

LA GIRAUDIÈRE, CHRISTINE.

CHRISTINE.

J'en ai un dernier aussi à vous dire. Avez-vous le temps de l'entendre ?

LA GIRAUDIÈRE.

Pourvu que ce ne soit pas encore pour ce coquin de neveu......

CHRISTINE.

Non, c'est pour moi.

LA GIRAUDIÈRE.

Est-ce pour les articles de nos dépenses ?

CHRISTINE.

Non, c'est pour les articles de notre contrat.

LA GIRAUDIÈRE.

De quel contrat ?

CHRISTINE.

Vous en avez perdu la mémoire ? il est bien humiliant pour moi, l'alliée de votre famille, d'être obligée de vous en faire souvenir à chaque instant..... mais il est vrai que vous ne me regardez plus que comme une personne à vos gages.

LA GIRAUDIÈRE.

Qu'appelez-vous, à mes gages ? vous êtes en ces lieux plus maîtresse que moi.

CHRISTINE.

Je ne prétends l'être qu'autant ; vous me l'avez assuré vous-même depuis un siècle, et vous éludez sans cesse vos engagemens. La pudeur d'une femme bien née souffre, Monsieur, d'être obligée de vous le rappeler. Voici la vingtième fois qu'arrive l'époque d'un hymen que vous renvoyez annuellement des jours gras à la mi-carême, et qui n'a jamais de fin. Il en faut cependant une à tout. Voici l'époque revenue ; expliquons-nous en définitif.

LA GIRAUDIÈRE.

Mademoiselle Papillon, vous savez le cas infini que je fais de votre personne. Votre attachement, vos services sont gravés au fond de mon cœur, je les reconnaîtrai de manière ou d'autre......

CHRISTINE.

Il n'y en a qu'une, Monsieur : voici le dernier carnaval. Vous me forcez à une démarche qui couvre mon front de rougeur. Je ne mourrai pas fille impunément.

LA GIRAUDIÈRE.

Est-ce en un pareil moment, au milieu de ces embarras qu'on doit avoir de telles explications ?

CHRISTINE.

Oui, Monsieur : vous me fîtes venir du fond de la Champagne, où j'avais plus de vingt partis que je dédaignai pour vous seul ; vous me promîtes votre main si je tenais votre maison sur un bon pied ; qu'avez-vous à me reprocher, depuis vingt ans que je la gouverne? n'est-il pas temps d'en finir, si le même sentiment parle à votre cœur comme au mien ? Je vous ai consacré mes plus belles années, la moitié de ma vie, je vous offre l'autre moitié.

LA GIRAUDIÈRE.

Christine, écoute moi.

CHRISTINE.

C'est mon devoir, je suis votre subordonnée jusqu'à ce moment. Parlez,

LA GIRAUDIÈRE.

Je t'ai promis un bien être assuré,.....

CHRISTINE.

En quoi? comment? voyons, est-ce de l'argent? de

la fortune ? néant aux yeux d'une femme sensible. Que m'importe l'or du Pérou, si je ne possède la main qui le donne.

LA GIRAUDIÈRE.

Christine, je n'ai que deux mots à vous dire.

CHRISTINE.

Et moi, Monsieur, je n'en ai qu'un. Les longs discours sont inutiles : une seconde me suffit : réalisez-vous vos promesses ?

LA GIRAUDIÈRE.

Tu ne me donnes pas le temps de répondre.

CHRISTINE.

Au contraire, Monsieur, c'est tout ce que je vous demande. C'est à vous de parler, à moi de me taire. Il n'y a qu'un article à traiter ; c'est un oui ou un non. Finirons-nous ? ne finirons-nous pas ? les reproches, les plaintes, les cris ne sont pas mon fait. Je demande un cœur qui se donne. Contrats, promesses, écrits, tout est nul pour moi, si vous avez changé de pensée : rien par force ; tout par amitié. Je me suis consultée ; consultez-vous ; une parole, un regard, un signe dit tout, c'est le penchant qui règle tout ; je ne veux rien où je veux tout.

LA GIRAUDIÈRE.

Je ne t'ai point interrompue. Voici enfin mon tour. Je vais t'éclairer sur.....

CHRISTINE.

Très-volontiers, Monsieur, je ne peux que profiter de votre conversation. Vous avez des lumières, des connaissances, de l'esprit ; mais dites-moi, je vous en prie, si le plus idiot de tous les hommes ne penserait pas mieux que vous.

LA GIRAUDIÈRE.

Christine, vous vous oubliez.

CHRISTINE.

La vérité m'emporte. Comment ! au mépris de l'opinion, de vos sermens et de mes droits, vous cherchez une femme au hasard !

LA GIRAUDIÈRE.

Qui t'a fait ces contes ?

CHRISTINE.

Tout le quartier, vos invitations. Oh ! je sais tout,

depuis quinze jours que les solliciteuses arrivent. J'ai tout vu, tout entendu.

LA GIRAUDIÈRE.

Tu ne vois pas que c'est pour ôter momentanément toute espèce d'espoir à mon fripon de neveu, pour l'effrayer sur son avenir et le ramener au devoir, que j'ai affecté de rendre public ce mariage?

CHRISTINE.

Si telle était votre intention, n'étais-je pas là, moi? pourquoi chercher ailleurs?

LA GIRAUDIÈRE.

Le drôle n'y aurait pas cru. Ne précipitons rien; Christine, sois tranquille. Ma confiance est en toi seule; je ne te demande que deux jours pour t'en convaincre.

CHRISTINE.

Je le souhaite pour vous et pour moi; c'est le dernier terme, n'y manquez pas.

LA GIRAUDIÈRE.

Laisse-moi faire.

CHRISTINE.

J'y compte.

LA GIRAUDIÈRE.

On sonne au petit escalier. Vois ce que c'est; si ce sont des Dames, fais entrer dans le petit salon.

SCÈNE VI.

LA GIRAUDIÈRE.

Ah! ah! gouvernante importune! vous le prendrez un ton plus bas, ou vous retournerez en Champagne.

SCÈNE VII.

LA GIRAUDIÈRE, CHRISTINE, AGATHE *portant des effets.*

CHRISTINE.

Encore des dominos, une robe de femme qu'on vous apporte!

AGATHE.

Oh ! qu'elle est jolie ! est-ce pour ma marraine ou pour moi ?.....

LA GIRAUDIERE.

Non pas, non pas. C'est moi qui vais m'en affubler. (*à Christine*). C'est pour mieux déchiffrer ton sexe, une femme se montre presque toujours ce qu'elle est aux yeux d'une autre femme. Or, je veux, pour ce soir, cesser d'être moi ; je vais être ma sœur afin de les mieux observer : laisse-moi m'amuser. Le concours est ouvert ; point d'ombrage, Christine, je sais à qui je dois la palme. Finissons gaîment la journée.

CHRISTINE.

Allons ; amusez-vous.

AGATHE.

Oh ! que j'aurai de plaisir à voir M. de la Giraudière en belle dame ! Entendez-vous les instrumens ? entendez-vous ?

LA GIRAUDIERE.

On a ouvert avant mon signal ?.

AGATHE.

N'avez-vous pas dit à six heures ?

LA GIRAUDIERE, *tirant sa montre.*

Sans doute ? Eh ! parbleu, il en est sept, je m'en vais donner le coup-d'œil. Je vais y paraître d'abord comme je suis, pour mieux tromper l'espion après. Christine, Agathe, disposez ces vêtemens, vous allez me costumer dans la minute.

AGATHE.

Oui, mais après la première contredanse ; je veux voir aussi le commencement.....

SCÈNE VIII.

CHRISTINE, *seule.*

Quelle patience ! je me tiens à quatre. Voyons-le venir... Gare la fin du bal !

SCÈNE IX.

CHRISTINE, JOLIBOIS, *entr'ouvrant une petite porte secrète, et avançant la tête.*

JOLIBOIS, *appelant.*

Mademoiselle Papillon !

CHRISTINE.

C'est trop long-temps abuser d'un cœur crédule et délicat.

JOLIBOIS, *sans être entendu.*

Mademoiselle Papillon !

CHRISTINE.

S'il manque à sa parole, je tiendrai la mienne.

JOLIBOIS, *élevant la voix.*

Hein ! hein ! mademoiselle Christine !

CHRISTINE.

Qu'est-ce que j'entends ? qui m'appelle ?

JOLIBOIS.

Moi, Fanfan Jolibois.

CHRISTINE.

Vous ! quelle imprudence !

JOLIBOIS.

Etes-vous seule ?

CHRISTINE.

Heureusement pour vous que votre oncle est occupé ailleurs.

JOLIBOIS.

Je ne crains rien si vous êtes pour moi. Au moindre bruit, voilà ma retraite ; j'ai passé par le jardin, j'ai franchi le mur, et vous savez comment je saute quand je m'en mêle : le cerf coco du Cirque olympique n'est pas si surprenant que moi.

CHRISTINE.

Votre oncle est d'une colère.

JOLIBOIS.

Il ne me reconnaîtrait pas sous cet habit... C'est le dernier que m'a fourni M. Benoît.

CHRISTINE.

Prenez garde.

JOLIBOIS.

Ça m'est égal , si vous secondez un jeune homme qui en aura pour vous un ressentiment éternel.

CHRISTINE.

N'ai-je pas toujours caché vos torts? car vous en avez de bien grands; Jolibois, vous ne.pouvez pas le nier.

JOLIBOIS.

Quels sont ces torts? voyons : on parle toujours sans savoir.

CHRISTINE.

Comment! vos nouvelles incartades; votre fuite du collége?

JOLIBOIS.

Est-ce que je n'en sais pas assez pour briller dans les cercles choisis? Un joli garçon doit-il s'enterrer dans une pension de latin , dans les beaux jours d'une jeunesse qu'il doit aux plaisirs fugitifs?

CHRISTINE.

Beau raisonnement! Et vos créanciers?

JOLIBOIS.

C'est forcé. Comment serais-je l'ornement des sociétés sans eux, puisque mon oncle me refuse tout? Comment y séduire , éblouir, filer une intrigue, suivre une inclination d'amour, si j'étais habillé , dans la Capitale, comme en arrivant de Soissons? Trouverais-je un parti sortable? Sans ça, qui me demandera, qui me recherchera , si l'on ne me voit pas dans le costume positif qui fixe les regards du sexe?

CHRISTINE.

Voilà vos principes.

JOLIBOIS.

Oui, mademoiselle Christine; ne sont-ils pas d'un homme éduqué? J'avais une passion honnête , vous le savez; j'épousais une beauté sensible et un héritage permanent, il y a six mois, ici, dans le quartier, la fille unique d'un homme de plume; mon oncle a tout fait manquer.

CHRISTINE.

N'a-t-il pas eu raison ? Achevez vos études, au lieu de penser au mariage.

JOLIBOIS.

Voilà bien ses propres discours. Comme si ce n'était pas dans le *printemps* de sa vie qu'on doit s'unir à un objet. Que j'attende *l'été* de ma carrière pour lui demander sa permission, je suis sûr de n'avoir son consentement que dans *l'automne* de mes jours. Jolie éducation que je pourrai donner à ma progéniture dans mou *hiver* !

CHRISTINE.

Il me fait rire malgré moi. Je ne vous reconnais plus. Quel langage ! je n'entends rien à ce jargon.

JOLIBOIS.

Je le crois ; c'est que j'en ai fièrement appris depuis que vous ne m'avez vu.

CHRISTINE.

Dans quel monde avez-vous donc vécu ?

JOLIBOIS.

Dans le superfin ; je m'en vante. Je n'ai pas manqué un spectacle depuis six semaines pour me former tout-à-fait l'esprit. Voulez-vous que je vous dise par cœur la Forêt Jaune, la Tête d'Acier, l'Hermite du Mont ?

CHRISTINE.

Quelle science !

JOLIBOIS.

Tenez, Christine, je vais tout vous dire : je peux m'en mêler, composer aussi si je veux ; je peux faire un mélodrame en société ; deux auteurs de la rue de Poitou me l'ont proposé, si je veux avancer l'argent de trois superbes romans nouveaux pour les mettre en pièces.

CHRISTINE.

Vous avez donc perdu la tête ?

JOLIBOIS.

Au contraire, j'y ai mis de quoi.

CHRISTINE.

Vouloir faire des livres, et ne pas savoir un mot de latin !

JOLIBOIS.

Est-ce qu'on fait les mélodrames en latin ? On est toujours butté à vouloir me faire apprendre une langue qui ne sert de rien. Est-ce qu'on s'exprime en latin dans les maisons de Paris, ni ailleurs ? J'ai déjà vu bien des pays, quoique jeune ; la Beauce, le Quesnoi ; j'ai appris l'orthographe à Melun, la géographie à Gisors ; j'ai fréquenté toutes les sociétés, je n'ai entendu personne parler latin nulle part.

CHRISTINE.

N'importe, monsieur, ça ouvre l'esprit.

JOLIBOIS.

Oh ! le mien est assez retors, et dans le bon genre. Je viens vous en donner la preuve.

CHRISTINE.

Je ne vois pas, jusqu'à présent, que ce soit un retour sur vous-même qui vous ramène ici.

JOLIBOIS.

Au contraire, c'est un retour sur les autres ; c'est pour empêcher un oncle obstiné de faire une sottise de plus.

CHRISTINE.

Vous savez donc.....

JOLIBOIS.

Tout. Son bal, ses billets, son dessein, à votre détriment comme au mien ; mais j'ai un moyen sûr de le faire revenir, si vous voulez.

CHRISTINE.

Lequel ?

JOLIBOIS.

Vous savez qu'il aime les aventures plaisantes, les tours de finesse, et qu'une scène joviale le désarme plutôt que toutes les prières du monde ; eh bien, je l'ai trouvée cette scène-là, et je vais la jouer ce soir.

CHRISTINE.

Voyons ; expliquez-vous.

JOLIBOIS.

M. de la Giraudière donne bal.

CHRISTINE.

Au fait.

JOLIBOIS.

Il veut éprouver toutes les jeunesses.

CHRISTINE.

Et se déguiser en femme pour cela. Après?

JOLIBOIS.

Mon oncle en femme!

CHRISTINE.

Oui: il veut qu'on le prenne pour sa sœur.

JOLIBOIS.

Oh! que cela va me servir! A bon chat, bon rat; masque contre masque. O Jolibois! quel coup du sort pour faire ressortir l'éclat de la beauté de ton génie.

CHRISTINE.

Laissez-là vos exclamations, et finissez.

JOLIBOIS.

Christine, regardez-moi bien; considérez tous mes traits en détail; ils sont fins, doux et délicats; imaginez-vous une mouche sous cette prunelle piquante; une teinte légère de rouge sur cette pommette arrondie; un corset bleu de ciel sur ce buste élégant; Fanfan Jolibois à vos yeux deviendra Nymphe d'Idalie, et c'est ce que vous allez voir.

CHRISTINE.

Vous allez vous déguiser?

JOLIBOIS.

En Eucharis, et je le donne en mille pour être reconnu. Je me présente comme les autres aspirantes devant mon oncle; sourire ingénu, regard langoureux, bouche en cœur, accent flûté, voix de sirène..... Toutes les ruses de l'amour.

CHRISTINE.

Le stratagème est excellent. Quelle mistification pour M. de la Giraudière, s'il donne dans le panneau!

JOLIBOIS,

Il y donnera.

CHRISTINE.

Oh! pour le coup, je vous sers de tout mon pouvoir. Et les habillemens?

JOLIBOIS,

Babin me fournira tout.

SCÈNE X.

Les mêmes, AGATHE, *annonçant d'une porte à gauche.*

AGATHE.

Marraine, M. Benoît revient avec un étranger.

CHRISTINE.

Personne n'entre. Empêchez...

JOLIBOIS, *effrayé.*

Benoît, mon tailleur !

SCÈNE XI.

Les mêmes, RUDEMONT, BENOIT.

RUDEMONT.

Oh ! c'est fini ; nous entrerons.

CHRISTINE, *à Jolibois.*

Vite sous le tapis de la table.

(*Jolibois s'y place à la hâte.*)

On arrive ici comme dans une place d'armes. Cachez-vous.

RUDEMONT.

J'ai bien l'honneur d'en saluer la citadelle.

CHRISTINE.

Qu'est-ce que c'est ? que demandez-vous ?

RUDEMONT.

Vous allez lé savoir.

(*A Benoît, qui s'assied à la porte par laquelle Jolibois peut sortir.*)

Assis-toi là ; laisse-moi parler. (*A Christine.*) Vous êtes la gouvernante de la maison ?

CHRISTINE.

Quel ton ! Qui êtes-vous, vous-même?

RUDEMONT.

Gaspard Rudemont, batélier de la Canatière, à Marseille.

BENOIT.

Mademoiselle, c'est mon beau-frère ; je reviens avec lui pour l'effet de M. Jolibois.

JOLIBOIS, *sous la table.*

C'est pour moi !...

RUDEMONT , *à Benoît.*

Né té mêle dé rien. (*A Christine.*) J'en suis lé por-
teur, et j'en réclame lé montant.

CHRISTINE.

M. Benoît doit se souvenir de ce qu'on lui a dit
tantôt : cette dette ne regarde nullement M. de la Giraudière.

RUDEMONT.

C'est à lui qué jé veux parler : faites-lé vénir.

CHRISTINE.

Il n'est aux ordres de personne ; d'ailleurs , il n'est
pas ici.

BENOIT.

Mademoiselle se trompe ; il est à son bal, je le sais.

RUDEMONT.

C'est moi qui lé férai danser.

CHRISTINE.

Point de propos, monsieur, dans une maison res-
pectable. M. de la Giraudière est occupé ; revenez demain, je le préviendrai ; il vous recevra.

RUDEMONT.

Rien dé mieux. A la bonne heure ; avec la politesse
et la douceur, on fait dé moi tout cé qu'on veut ; mais
démain jé répars à cinq heures du matin ; voilà ma
feuille dé route, et il faut qué jé sois payé cé soir.

JOLIBOIS (*à part.*)

Que le diable t'emporte.... Quel guignon ! Il va re-
nouveller tout le train.

CHRISTINE.

Faites le retirer, monsieur Benoît , je vous en prie.

RUDEMONT.

Moi ! un escadron n'en viendrait pas à bout.

CHRISTINE.

Encore une fois , M. de la Giraudière ne vous doit
rien.

RUDMONT.

Oui , mais c'est son neveu qui a disparu pour sé dé-
rober aux poursuites, qui mange et dilapide tout, quand
son oncle donne des bals ! Au défaut du jeune il faut
que jé trouve lé vieux. Je sçais qué jé vous blesse en

insistant, pardon, vous lé servez peut être dépuis la bataille dé Fontenoi?

CHRISTINE.

En voilà trop, monsieur, finissons.

BENOIT.

Il a le ton un peu brusque, mais le cœur est excellent.

CHRISTINE.

Vous ne pouvez pas attendre ici.

JOLIBOIS, *à part.*

A la bonne heure, c'est ça.

RUDEMONT.

Jé veux bien vous complaire. Mais jé né bats en retraite qu'à une condition. C'est qué vous remettrez à l'instant à M. de la Giraudière les deux ligues qué jé vais tracer, et réponse dans un quart d'heure.

CHRISTINE.

Je vous promets de les remettre.

RUDEMONT, *prenant son porte-feuille.*

Nous voilà d'accord. (*Il tire un morceau de papier et court à la table*) une minute va suffire. Voilà un encrier.

BENOIT *vient à lui.*

Que vas tu écrire?

RUDEMONT.

Ne t'embarrasse pas. (*Il trouve en s'asseyant une forte résistance à ses pieds qu'il veut placer sous la table.*

Eh! Diable! on ne peut se placer. Qu'y a-t-il là-dessous? des ballots?... ou quelque animal! ça remue.

JOLIBOIS, *à part.*

Je suis perdu!

CHRISTINE, *montrant un guéridon.*

Venez écrire ici.

RUDEMONT.

Ce n'est pas la peine. (*Il enfonce rudement ses pieds.*)

JOLIBOIS, *à part.*

Ah! Ah!

RUDEMONT ET BENOIT, *soulevant le tapis.*

Voyons donc..... Oh! Oh! Un homme caché!

BENOIT.

Jolibois! mon débiteur! c'est lui, beau-frère, c'est mon Drap, c'est le fuyard.

JOLIBOIS, *dont la tête est avancée.*

Oui, monsieur Benoît, lui-même; je m'enhardis à votre aspect.

RUDEMONT.

C'est le neveu! Comment! j'ai éventé la mine.

CHRISTINE.

Eh bien, après? Messieurs, point de bruit, je vous en prie.

RUDEMONT.

N'ayez pas peur; nous l'avons trouvé!

JOLIBOIS.

Monsieur Benoît, ne me faites rien. Je suis un jeune homme solvable, vous serez payé; je me présente librement; vous voyez un joli garçon, qui ne vous fera pas tort d'un point de couture.

BENOIT.

Je l'entends bien ainsi.

RUDEMONT.

Il ne s'évadera plus.

JOLIBOIS.

Point de violence, monsieur, sur une personne de mon genre.

RUDEMONT.

Non, soyez libre sous ma garde jusqu'à l'arrivée de votre oncle.

CHRISTINE.

Allez vous expliquer ailleurs.

JOLIBOIS.

Je solde aujourd'hui même si vous voulez.

RUDEMONT.

Certainement que je le veux.

CHRISTINE.

Il payera, j'en réponds.

RUDEMONT.

Quels sont ces moyens.

JOLIBOIS.

Laissez-moi libre cinq minutes, tout est fini, foi de Jolibois.

RUDEMONT.

Non pas, mon cher, vous ne déserterez pas.

JOLIBOIS.

Eh bien, venez avec moi, accompagnez-moi.

RUDEMONT.

A la bonne heure.

CHRISTINE.

Peut-on mieux parler.

JOLIBOIS.

Vous touchez votre argent ce soir. Sinon, plus d'espérance, mon expédient est manqué.

RUDEMONT.

Il faut au moins nous en instruire.

JOLIBOIS.

Oui, sans doute, mais pas ici. Mon oncle peut entrer, et tout serait perdu. Qu'il vous suffise de savoir que je vas devenir une nymphe, M. Benoît sera ma tante et vous ma mère, pour le complot.

CHRISTINE.

Laissez-vous conduire, il est immanquable...On vient... J'entends du bruit. Disparaissez.

RUDEMONT ET BENOIT.

Allons.

RUDEMONT.

Voyons le résultat; mais il ne m'échappera pas.

JOLIBOIS.

Non, non, je me livre en captif.

RUDEMONT.

Oh! je réponds du poste.

CHRISTINE.

Allez donc. Passez pas ici.

JOLIBOIS.

Ne me quittez pas de l'œil.

RUDEMONT.

Ni de la main non plus ; en avant.

S C È N E X I I.

CHRISTINE, *seule.*

M'en voilà débarassée. Il va les instruire de son projet et concerter les mascarades : Oh ! si la scène réussit, je suis au comble de la joie. Je me crois vengée. Je me figure le tableau d'avance. La Giraudière aux petits soins auprès de Jolibois !... Le tailleur en bonnet monté ! Allons, en attendant, voir Adonis au bal se pavaner devant les Grâces.

Fin du premier acte.

ACTE II.

Au lever de la toile, on voit ouverts en entier les deux battans de la salle du bal, on finit une contredanse. L'orchestre du bal est placé au fond de ce second salon, et en face des spectateurs. Christine et Agathe figurent aussi dans la danse.

SCÈNE I.

Le chef d'orchestre, dit à diverses reprises d'une voix forte.

La camargo.......le moulinet.....en avant quatre.......un cavalier seul.......la queue du chat........(*la contredanse finit.*)

SCÈNE II.

AGATHE, *en riant,* CHRISTINE *ensuite.*

Quelle scène! bon Dieu! quelle caricature. M. de la Giraudière valser! oh! j'allais étouffer de rire. J'ai bien fait de sortir du bal. (*riant aux éclats*).

SCÈNE III.

AGATHE, CHRISTINE.

AGATHE, *riant toujours.*

L'avez-vous vu? Marraine! l'avez-vous vu faire ses entrechats?

CHRISTINE, *riant de même.*

Oui, je l'ai vu bondir et retomber en masse.

AGATHE.

Il a diverti tout le bal.

CHRISTINE.

Eh! qui n'aurait pas ri de ses prétentions ridicules. Il est à sa toilette maintenant.

AGATHE.

Oui, il se déguise en femme; il ma prié de disposer élégamment sa coëffure.

CHRISTINE.

Va donc, il est temps, il est habillé!

AGATHE.

Oh! comme il va nous faire rire!

CHRISTINE.

Il va plutôt nous faire peur. Les trois autres vont arriver, on lui tiendra tête.

AGATHE.

Oui, l'étranger, le neveu, et M. Benoît.

CHRISTINE.

On sonne. Ce sont eux, ouvre et fais entrer.

(*Après avoir ouvert, le cabinet, elle passe en riant dans celui de M. de la Giraudière.*

SCÈNE IV.

CHRISTINE, JOLIBOIS, RUDEMONT, BENOIT, *tous les trois en femmes.*

CHRISTINE, *élevant la voix pour se faire entendre.*
Mesdames, donnez-vous la peine d'entrer.

RUDEMONT, *s'avançant seul, bas à Christine.*
Est-il là?

CHRISTINE, *riant.*

Oui, oui.

RUDEMONT.

C'est bon; restez-là vous autres.

CHRISTINE.

Pourquoi n'entrent-ils pas aussi.

RUDEMONT, *bas.*

Laissez faire. J'ai mes raisons.

CHRISTINE.

Quelle figure ! la Giraudière y sera pris ; je vous
seconderai de mon mieux, au denouement ; c'est-là qu'il
sera en fureur d'avoir été joué, raillé, moi, j'aurai l'air
de prendre son parti contre vous pour mieux en venir
à mon but.

RUDEMONT.

Vous faites bien de m'en prévenir.

CHRISTINE, *haut.*

Je vais avoir l'honneur de vous annoncer.

RUDEMONT.

Oui, madame, si c'est un effet de votre part. (*Elle
entre dans le cabinet*) Allons, voilà la comédie en train.
C'est le dénouement qu'il en faudra voir; l'invention du
petit est fort drôle ; il est malin ; (*à Jolibois*), restez
donc tranquille, vous paraîtrez quand il sera temps.

CHRISTINE, *revenant du cabinet l'entrouvre en parlant
à la Giraudière.*

Oui, mademoiselle, on demande à parler à M. de la
Giraudière. (*à Rudemont*) Madame, il est sorti, voilà
mademoiselle sa sœur.

SCÈNE V.

LA GIRAUDIÈRE *déguisé,* RUDEMONT *de même,*
CHRISTINE.

LA GIRAUDIÈRE, *adoucissant sa voix.*

Qui demande à parler à mon frère ?

RUDEMONT.

La plus humble de vos servantes, madame.

LA GIRAUDIÈRE.

(*A part.*) Quelle épouvantail ! (*à Christine*) vous avez
annoncé trois personnes.

RUDEMONT.

Il n'y en a qu'une pour le quart d'heure.

LA GIRAUDIÈRE

Mon frère n'est point ici.

RUDEMONT.

C'est égal ; peut on avoir celui de dire nu mot en particulier à sa charmante sœur ?

LA GIRAUDIÈRE.

Christine, laissez nous un moment.

CHRISTINE, *à part.*

Second tableau.

SCÈNE VI.

LA GIRAUDIÈRE, RUDEMONT.

LA GIRAUDIÈRE.

Voilà un siège, madame.

RUDEMONT.

Non, pardié, sans façon ; j'aime le mouvement.

LA GIRAUDIÈRE, *à part.*

Quel son de voix, quelle tournure !

RUDEMONT.

Voici le fait. J'ai sçu l'appel général que votre frère
a fait à mon sexe, pour allouer ensuite, au terme pres-
crit, le don de sa main. J'ai le bonheur d'avoir une fille
de vingt ans, belle, sage, accomplie, surnaturelle en
tout.

LA GIRAUDIÈRE.

Vingt ans. Brune ou blonde ?

RUDEMONT.

Entre les deux.

LA GIRAUDIÈRE.

Sa taille ?

RUDEMONT.

Cinq pieds trois pouces et demi.

LA GIRAUDIÈRE.

Diable !

RUDEMONT.

Je voulais en faire l'explication à M. votre frère avant
de la lui présenter.

LA GIRAUDIÈRE.

Il n'est point au logis maintenant, mais il la verra,
je vous en réponds ; achevez, c'est comme si vous par-
liez à lui-même.

RUDEMONT.

M. de la Giraudière a-t-il beaucoup de votre air ?

LA GIRAUDIÈRE.

C'est mon portrait ; qui me voit, le voit.

RUDEMONT.

Madame veut plaisanter ; vous pouvez avoir des traits de famille , mais un homme , quelque beau qu'il soit ne peut jamais avoir la douceur du regard, la délicatesse et la blancheur de peau qui caractérisent votre figure.

LA GIRAUDIÈRE.

(*A part.*) Elle a du tact, si elle est laide. (*haut*) Je lui ferai part de votre proposition.

RUDEMONT.

Je ne vous cacherai point que la pauvre petite ne peut apporter en dot que ses grâces. Elle n'a presque rien.

LA GIRAUDIÈRE.

Passons ; mon frère en a pour quatre.

RUDEMONT.

Je la mets sur les rangs en homme loyal.

LA GIRAUDIÈRE.

Comment ? en homme !

RUDEMONT.

C'est de la part de mon mari que je parle, il autorise ma démarche, il est connu et ma famille aussi ; qu'on prenne des informations chez M. Croisier, chez M. Benoît.

LA GIRAUDIÈRE.

Benoît ! le tailleur.

RUDEMONT.

Oui, madame, c'est notre beau-frère. Sa sœur a fait l'éducation de ma fille.

LA GIRAUDIÈRE.

Ah ! Benoît a une sœur ?

RUDEMONT.

Oui, monsieur ; croyez-vous que si nous n'avions pas de bons répondans, nous nous présenterions hardiment pour cette alliance, ma fille et moi.

LA GIRAUDIÈRE.

Mais où est elle ? on la disait ici.

RUDEMONT.

Oui, madame, elle y est, là, à l'entrée sur le carré,
sous la garde de sa tante Benoît ; la pudeur lui défendait
de paraître de but en blanc ; avant l'explication de sa
mère.

LA GIRAUDIÈRE.

Comment, laisser une heure cette chère enfant !......Je
vais la chercher.

RUDEMONT.

Non, permettez ; j'y vas moi-même; cette introduction
m'appartient. (*Il va aprendre*).

LA GIRAUDIÈRE, *sur les bords du théâtre.*

Nous allons voir ! si elle a toutes les qualités qu'elle
lui donne, c'est un phénix.

SCÈNE VII.

JOLIBOIS, RUDEMONT, BENOIT, LA GIRAUDIERE, (*tous déguisés.*)

RUDEMONT, *s'avançant rapidement et tenant par la
main Jolibois qu'il amène sur le bord des rampes.*

Madame ! voila ce que c'est.

LA GIRAUDIÈRE.

Oh ! oh !........Joli maintien ! taille superbe ! mise
décente.

RUDEMONT.

Eh bien ? vous en ai-je trop dit ? croyez-vous que M.
de la Giraudière soit content de l'objet?

LA GIRAUDIÈRE.

Elle est charmante, en vérité.

JOLIBOIS.

Madame a bien de la bonté.

LA GIRAUDIERE.

Quelle modestie !

RUDEMONT.

Ne la regardez pas fixement, vous l'embarrasseriez ;
elle est si timide, c'est son seul défaut.

LA GIRAUDIERE.

C'est la plus belle qualité !

RUDEMONT.

Si vous saviez ce qu'elle ma conté de soins ; de dépenses , de sacrifices pour en faire un sujet marquant.... demandez à sa tante Benoît.

BENOIT.

Elle a été élevée comme un amour. On peut le dire.

LA GIRAUDIERE.

Mademoiselle Benoît , vous ne pouvez pas renier votre famille, votre ressemblance avec votre frère est frappante.

BENOIT.

Oui , tout le monde le dit.

JOLIBOIS.

M. de la Giraudière va-t-il venir.

LA GIRAUDIERE.

Qu'est-ce qu'elle dit.

RUDEMONT.

Elle demande si M. votre frère vous ressemble.

LA GIRAUDIERE.

Oui, j'en jure, trait pour trait.

JOLIBOIS.

Qu'il doit être aimable !

LA GIRAUDIERE.

Précieuse naïveté !

RUDEMONT.

Oh ! elle a le goût excellent.

LA GIRAUDIERE.

Figurez-vous , mademoiselle, que vous le voyez tout entier en moi.

JOLIBOIS.

En ce cas là , je n'en veux pas d'autre pour époux.

LA GIRAUDIERE.

Il y a une espèce de sympathie..... Elle est d'une ingénuité ravissante.

RUDEMONT.

Ça n'a jamais vu le monde avec un grand usage , cependant ; point de frivolités. Un jeune freluquet n'obtiendrait pas d'elle un regard. Il lui faut un homme de poids, un homme fait.

LA GIRAUDIERE.

Quelle judiciaire à son âge (à part)! au dernier les

j'ai trouvé ce qui me convient. Voulez-vous bien me donner ses noms et prénoms. (Il prend la plume).

RUDEMONT.

Ursule Rudemont, native de Carpentras ; je la mis au monde en voyage. Ce n'est pas parce qu'elle est ma fille ; mais si c'est la vertu qui obtient la palme, elle est bien sûre de l'avoir.

LA GIRAUDIERE.

Elle l'aura.

SCÈNE VIII.

Les mêmes, CHRISTINE *arrivant pendant qu'il écrit, Entretien muet avec Rudemont et Benoit.*

JOLIBOIS.

Je l'aurai ? M. de la Giraudière sera mon époux !

LA GIRAUDIERE.

Oui, mon ange ! et en voici l'authentique garant (Rudemont le prend). Mademoiselle Papillon, pourquoi quittez-vous l'assemblée. Tâchez donc de me suppléer ; je suis en affaire

CHRISTINE.

Je venais savoir.

LA GIRAUDIERE.

Je n'ai besoin de rien. Préside à mon absence.

CHRISTINE.

Oui, je vais présider.

RUDEMONT.

Nous avons finis à l'instant.

CHRISTINE.

Je ne viens pas pour interrompre ces dames, mille pardons ! (*à Rudemont.*) ô l'indigne !

RUDEMONT, *à Christine.*

Voici le moment. Attention.

SCÈNE IX.

Les mêmes, excepté CHRISTINE.

RUDEMONT, *l'écrit à la main.*

Voilà en quatre mots une promesse bien conditionnée mais elle a besoin de la signature du cher frère.

LA GIRAUDIÈRE.

La mienne la vaut : soyez tranquille. Dites-moi ! quels sont ses goûts, les parures qu'elle préfère ? qu'aimerait-elle ?....

RUDEMONT.

Mais.... elle aime à-peu-près tout.

JOLIBOIS.

Non, maman, je n'aime que M. de la Giraudière ; qu'il garde son or, ses bijoux, je n'ai envie que de lui.

LA GIRAUDIÈRE.

Je suis en extase.

JOLIBOIS *à Rudemont.*

Pourrais-je vous faire une demande en secret, avec la permission de madame ?

LA GIRAUDIÈRE.

Epanchez librement votre cœur.

RUDEMONT.

J'entends, ma fille (*à la Giraudière*). Elle ne voudrait jouir de son bonheur aux dépens de personne. Votre neveu a contracté une petite dette avec M. Benoît, notre parent.

LA GIRAUDIÈRE.

Est-ce qu'elle connaît ce neveu ?

BENOIT.

Non, madame, c'est pour mon frère qu'Ursule parle ; il lui est dû cinq cent soixante livres.

RUDEMONT.

Voilà le mémoire et le billet.

LA GIRAUDIÈRE.

Mon frère a bien juré de ne pas payer une obole pour ce libertin. Mais Ursule s'intéresse à Benoît ; voilà son argent.

RUDEMONT.

Vivat ! vivat ! vivat !

SCÈNE X.

Les mêmes, CHRISTINE ET AGATHE, *en entrant à ce cri.*

JOLIBOIS.

La plus juste reconnaissance me précipite à vos genoux

LA GIRAUDIÈRE, *à ses pieds.*

Que faites-vous ? relevez-vous. C'est à moi d'implorer vos grâces : je viens d'employer l'artifice que l'amour seul peut excuser. Je ne suis point ma sœur, c'est la Giraudière lui-même, c'est votre futur qui tombe à vos pieds.

RUDEMONT.

Et nous aux vôtres ; je suis coupable du même délit.

BENOIT, *s'y jetant aussi et se découvrant.*

(*à la Giraudière.*) J'en suis aussi, monsieur, mais c'était pour mon dû.

LA GIRAUDIÈRE, *bouche béante, immobile et pétrifié.*

Que vois-je ? Benoît ! mon tailleur !

RUDEMONT, *décoiffant Jolibois.*

Et votre neveu Jolibois, à qui je vous ai fiancé. Hé ! hé ! hé ! hé !

BENOIT *rit de même aux éclats.*

Hi ! hi ! hi ! hi !

LA GIRAUDIÈRE, *atterré.*

Mon neveu !

JOLIBOIS.

Mon oncle !

CHRISTINE, *accourant en riant.*

Nous venons signer au contrat.

(*Tous avec elle éclatant de rire.*)

Ah ! ah ! ah ! ah !

AGATHE.

Quelle mascarade.

CHRISTINE.

Le joli quatuor ! voilà le marié.

LA GIRAUDIÈRE, *plein de honte, de confusion et de dépit, montrant son neveu.*

L'effronté coquin !

JOLIBOIS.

Mon oncle ! c'est pour votre bien qu'on l'a fait.

LA GIRAUDIÈRE.

Tu la payeras cher, les autres aussi ! tout le monde.

RUDEMONT.

Oui, il faut appeler tout le monde. Je vais avertir tout le bal, afin qu'il assiste aux accords.

LA GIRAUDIÈRE.

Donnez-vous en bien de garde, on ne raille pas impunément un homme de ma qualité.

RUDEMONT, *montrant la promesse.*

Voilà le papier conjugal.

LA GIRAUDIÈRE, *tremblant.*

Rendez-moi cet écrit, monsieur, n'exposez pas ma réputation ; que la plaisanterie finisse là, je vous en prie.

JOLIBOIS.

Monsieur Rudemont, en voilà assez.

RUDEMONT, *feignant d'aller appeler la société.*

Il faut bien que les assistans en prennent lecture.

LA GIRAUDIÈRE.

Arrêtez. Ne me compromettez pas.

RUDEMONT.

Laissez donc, c'est le carnaval.

LA GIRAUDIÈRE.

Partez ou j'appelle mes gens.

CHRISTINE.

Je n'ai besoin de personne pour mettre un indiseret à la raison ; c'est pousser trop loin vos licences. M. de la Giraudière est chez lui. Si l'on ne voit ici que des hommes femmes, sachez qu'il y a des femmes dignes d'être hommes. Vous n'entrerez pas dans le bal.

LA GIRAUDIÈRE.

C'est ça.

RUDEMONT.

Oh ! oh ! oh !

JOLIBOIS, *à Rudemont.*

Vous êtes payé. C'est fini ; je suis fait pour venger un oncle renommé, respecté partout s'il fait des sottises, ça ne vous regarde pas.

LA GIRAUDIÈRE.

On n'a pas besoin de votre défense.

JOLIBOIS.

Pardonnez-moi, mon oncle, votre sang paternel coule dans mes veines ; je me risque pour votre honneur.

RUDEMONT.

Quatre contre un ! il faut donc baisser pavillon.

CHRISTINE, *lui arrachant le papier.*

(*à la Giraudière.*) Oui, monsieur, c'est le plus court

parti. Voilà votre ridicule promesse ! voulez-vous que je vous la rende, la mienne aussi ?

LA GIRAUDIÈRE.

Non, Christine, ce trait me désarme, je veux la remplir à l'instant, je le dois.

RUDEMONT.

Voilà le prix des tributs. Accord général !

CHRISTINE.

Enfin, vous agissez en homme. Mais en acceptant votre main, je veux la grâce de Jolibois.

RUDEMONT.

Eh ! ventrebleu, ça va sans dire, n'est-ce pas le jour du bonheur ?

JOLIBOIS.

Mon oncle, je m'en rendrai digne par l'expansion des sentimens....

LA GIRAUDIERE.

Après ce nouveau tour....

RUDEMONT.

Il ne sera pas divulgué ; nous vous promettons le silence. Allons ; remerciez votre oncle, et finissons le carnaval ; monsieur fait ce soir trois heureux ; le mariage est conclu ; mon beau-frère est soldé ; Jolibois est content ; reste à savoir si l'assemblée prendra part à notre bonheur, c'est ce que nous allons apprendre en saluant la société.

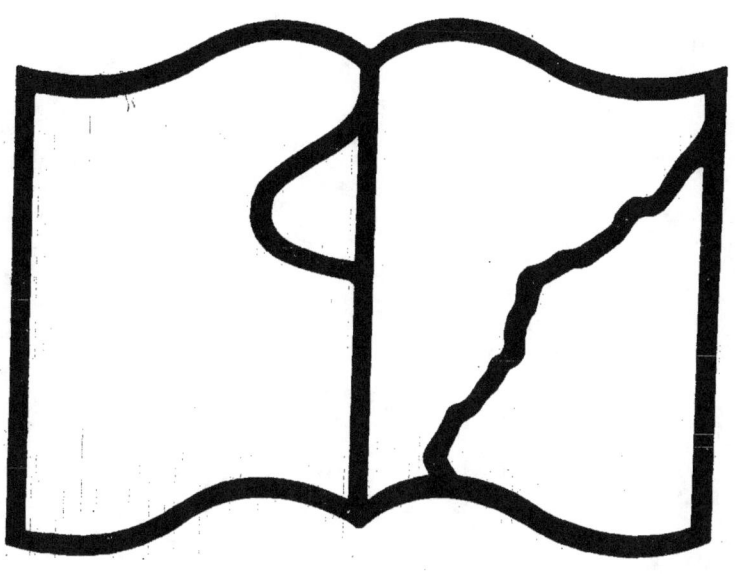

Texte détérioré — reliure défectueuse

NF Z 43-120-11

www.ingramcontent.com/pod-product-compliance
Lightning Source LLC
Chambersburg PA
CBHW060853180626
46818CB00004B/1688